글벗시선181 임하영 첫 시집

내 안에 그리운 그대

임하영 지음

시인의 말

나의 삶

좋은 사람은
좋은 사람을 만난다는데
나는
좋은 사람일까?

따뜻한 사람은
따뜻한 사람을 만난다는데
나는
따뜻한 사람일까?

내가
사랑하고
사랑했던 사람들은
나를 기억하고 있을까?

나는
내 삶을 사랑하고
좋은 사람, 따뜻한 사람으로
영글고 싶다
나의 삶이기에

차 례

제1부 여명의 소리

제2부 그리움은 가슴에 묻고

제3부 꽃과 바람

제4부 내 안에 그리운 그대

제5부 삶의 그림

제6부 꿈

제1부

여명의 소리

힘들면 쉬어가자

우리는
살아가면서 많은 것을 잃어버리며 산다
시간을 잃어버리면 나이를 얻고
성공을 잃어버리면 실패를 얻는다

우리는
어차피 잃어버릴 것에 대한
마음을 비워내는 지혜를 가져야 한다

우리는
많은 것을 이루고 있음에도
가진 것을 망각하며 산다

잃어버리고 나면
반드시 얻는 것이 있음을 기억하고
그 얻음을 소중히 여길 줄 아는
우리가 되었으면 한다

그리고 힘들면 쉬어갔으면 좋겠습니다.

기도

내가 당신을
더 이상 사랑하지 못하는 것은
까닭을 알 수 없는 두려움 때문입니다

이렇게 날마다
당신을 그리워하면서도
더 이상 가까이 갈 수 없는 것은
나의 못난 마음을 휘젓는
알 수 없는 슬픔 때문입니다

내가 당신을
이토록 간절히 원하면서도
더 이상 옆에 둘 수 없는 것은
당신을 향한 나의 뜨거움에 혹여 당신이 데일까
밤새 까맣게 타버린 이 못난 마음 때문입니다

그러나
이런 나의 기막힌 사랑도
언젠가는 멈출 날이 오겠지요
그때 이 불같은 나의 연정이
당신을 향한 허망한 손짓이 아니길
간절히 기도 하겠습니다.

물안개

모락모락
하얀 물안개
세상을 녹여 놓을 듯
피어오르나니

이 세상 얼어붙은
마음을 따뜻하게 녹여줄
당신의 물안개

하얀 물 위에
피어오르는
그리움이어라

당신의 그리움 피어오르듯
안개꽃처럼 피어나는 물안개
끝없이 애달픈 내 사랑이어라.

눈 내리는 밤

눈 내리는 밤
소리 없이 내리는 눈
소곤소곤
그리운 이의 이름을 불러 봅니다

그러나
눈은 소리 없이
무정하게 내리기만 합니다

눈 속에 그리운 이의 얼굴을
그려 봅니다
보고 싶은 얼굴 위로
눈은 말없이 소복소복 쌓이기만 합니다

이 밤
너무나 멀리 있는 당신
하지만 나의 마음은
벌써 하얀 눈 위에 당신을 향한
발자국을 남기며 달려가고 있습니다
당신을 향한 내 애타는 그리움을 안고서.

삶의 허상

인간이 추구하는 삶은 무엇일까?
각자 자신의 그릇을 채우며 살아가야 하거늘---

세상일이 욕심을 갖는다고 하여 이루어질 것도 아니거늘
허상을 쫓아가는 사람들
세상사 가련해 보인다

자신의 사랑을 타인의 그릇에 부어 줄 수 있다면
더없이 좋으련만,
욕심의 굴레에서 벗어나지 못함을 알지 못하고
나는 아니라며 애써 부정하며 그 굴레를 이어만 간다

타인의 삶에
자신의 욕구를 채우는 자들을 바라보아야 하는 현실
애써 외면한 나에 이기심
포용할 수 없는 삶의 허상에 서 있는 우리들.

하루를 보내며

하루해를 보내며 혼자만의 이 시간
생각으로 가득한 가슴을 쓸어내려 본다

어둠에 갇혀버린 나의 시간
무엇인지 모르는 밀려드는 쓸쓸함
감당할 수 없는 슬픔으로 하얗게 세운다

아무에게도 말할 수 없는 이야기는 어이 해야 하나
나 혼자만의 언약처럼 간직할 수밖에

그러나 이 고독의 늪에서 헤쳐 나오길 소망하며
하루의 일상을 마감해 본다.

기억(1)

저 산은 왜 이다지
높기만 할까?
산모퉁이를 도는 우리의 마음속에
스산한 바람 소리

저 멀리 보이는 그 길을
빠른 걸음으로 걸어가리라
뛰어가리라
힘들고 괴로울 때
가슴에 담았던
사랑의 약속을
하나씩 꺼내 상기시키며.

빗소리

가슴에 비가 내리네
폭우 되어 쏟아지네
우산을 펼쳐 보지만
쏟아지는 비를 피할 길이 없네

나지막이 들리는 웃음소리
빗소리에 묻혀 들리지 않네

수많은 날 주고받은 약속들
보물처럼 꺼내어 하나씩 내어보네
하지만 아무것도 보이지 않는다네

폭우처럼 쏟아지는 기억의 파편들에
펑펑 쏟아내는 내 눈물만 있을 뿐이네.

여명의 소리

떠오르리라
힘차게 솟은 푸른빛아!
너를 밝힌 세상에 서서
새 생명을 잉태한 찬란한 빛을 향해
저 눈이 부신 태양의 솟아오름을 보라

약속의 새끼손가락을 걸어 보라
진실한 마음을 열어 소리쳐 보라
사랑하는 임의 행복을 빌어 보라
거두어 지리라,
응해 주리라

당신의 가슴을 열어
저 태양으로부터 빛을 내려 받으라
당신과 나만을 위한 세상을 꿈꾸라
그리고 여명의 하루를 시작하라
우리들의 세상을 꿈꾸며 …

시간의 반란

모두가 곤한 몸을 잠들어 쉼을 추구하는 이 시간
잠 못 이루며 공허한 시간을 보낸다.
세파의 시름을 달래보려 허상과 씨름도 해본다.
무한함을 달려 시름의 시간을 보낸다.

새로움에 도전을 기대하며 시간과 공간을 소비해
이 지금의 공간 속에 시간을 즐길 수 있음이여!
하루하루의 일상이 그러하듯 오늘 같은 시간
시간을 다르게 볼 수 있음에 하루하루가
다르게 지나가는 것이다.

저마다의 삶에 시간을 영위함에 있어 정상을 보며
오르고 올라서며 공간을 채울 것이라
공간을 채우고 가득히 메우리라
메워진 공간 속에 나의 상념을 심어 보리라
나만의 공간 속에 나 자신만의 시간을 채우리라
나의 시간을
나만의 공간에---

빈자리

하루를 끝낸 늦은 저녁
보고 싶은 마음에 전화를 걸어본다.
찌르릉 찌르릉…
무심한 벨 소리만 전달될 뿐
들려오지 않는 목소리는 어디로 갔는지?
어둠에 잠겨 버렸는가?

그래도 찾아본다.
흔적을
그러나 덩그러니 놓여있는 차량만이
을씨년스러운 날씨만큼이나
차갑게 반겨줄 뿐이다
보이지 않는 허상을 좇아감에
오늘 하루를 접어본다.

아쉬움

창 너머 아파트 빌딩 숲 사이로
해는 저물어 마지막 노을을 불태운다
흐르는 시간을 아쉬워하며
주어진 공간을 탓하여 보는 이 시간
만남과 헤어짐이 수 없이 반복되어
세상을 엮어 간다지만
나에게 주어진 만남의 시간은 왜 이다지도 짧은 걸까?

그 시간이 너무도 짧게 느껴지기에
아쉬움이 이리도 크기만 하다.
또다시 만남을 기다리며 지내야 하는 이 시간이
나는 너무도 싫다.
이 시간을 그 무엇으로 채우려고 해보지만
모두가 허공을 헤매며
허상을 쫓는 무상한 일들 뿐.

그리움과 아쉬움이 있어
만남의 기쁨이 배가 된다고 하여도
기다림이 지속되는 이 시간이 너무나 길게 느껴지는 걸…
언제나 이렇게 길게만 느껴지는 이 시간을 지울 수 있을지?
또다시 내일을 기다리며 오늘도 아쉬움에 시간을
저녁노을과 함께 묻어 보련다.
내일에 내일을 기다리며 …

어둠의 향연

밝음에 익숙해져만 있는 우리의 삶
그러한 일상의 연속이기에 우리 모두는
어둠을 두려워하는지도 모른다.
어둠 속에는 그 어느 무엇도,
감출 수 있는 마술 같으니.

어둠 속에 묻고 싶은 자신을
어디에 버릴 수 있단 말인가?
나 또한 어둠을 기다릴 수밖에
나에게만은 밝음이 빨리 돌아오기를
기대하면서 공존의 어둠을 맞이한다.

어둠이 지나면 밝음에 시간인 것
세상에 순응하듯 시간에 적응해 가며
내일을 위한 향연을 이 밤도 열어본다.

나만의 향연을 …
꿈을 찾기 위한 시간을 맞이하면서
이 밤의 향연을 열어 나만의 시간을 즐기려 한다.

여정

인간이 세상을 살아감에 제각각 길을 간다.
그저 앞만 보며 가는 자,
모든 걸 자신의 것으로 가지려 하는 자,
자신에 길보다는 주위만을 둘러보는 자
그 어떤 누구도 같은 길을 걸어가지는 않는다.
오로지 자신에 길을 걸어간다.

왜!
그저 바쁘게 가는 걸까?
때로는 쉬어감도 필요하고,
더불어 감도 필요하거늘
그래도 도착지에서 돌아보면 자신만의 길일진대
서두름도 경주도 욕심도 아닌 길에 충실하면 될 터인데

자신의 길은 자신이 선택하여 길을 만들고
진실을 다하면 그보다 더 좋음이 없을 진데
세상사 끝이 난 후 긴 여정을 돌아보아도 후회란 없을
것을.
오늘도 기나긴 여정을 한 칸 한 칸 메워 묻는다
나는 어떤 사람이요?
변치 않는 마음으로 후회 없이 살았던가?

봄바람(1)

봄은 어느새 창문에 앉아
봄바람을 몰고 와 소리 없이 귓불을 스치네.

따뜻함이 밀려와 꽃비가 내리고
봄날의 여유로움이 복사꽃처럼 피어나네

파릇한 새싹을 피워 위용을 뽐내듯이
긴 겨울 얼어버린 가슴에 따뜻한 평온이 찾아오고

밀려오는 봄바람 내 마음을 실어
겨우내 닫힌 마음 활짝 열고
포만감을 가져다줄 봄바람의 여유를
새색시마냥 수줍게 맞이하리라.

비수구미 길

예전 나무꾼이나 걸었을
그 길을 내가 걷는다.

한 폭 수채화 같은 그 길을
한 걸음 한 걸음 내어 딛는다

아무도
걷지 않은 듯
시원한 계곡 바람과
흐르는 물소리만 가득한 길

오월이 오면

꽃들이 지는 것을 슬퍼하지 말자
피었다 지는 것이 꽃들 뿐이랴

우리의 오월에는 꽃들보다
더 희고 깨끗한 순백의 영혼들이
꽃잎처럼 떨어졌던 것을

해마다 오월은 다시 오고
소리 없이 스러졌던 영혼들이
하얀 꽃잎이 되어
우리의 가슴 속에 또 하나의
꽃을 피우는 것을

그것은
오월의 슬픈 함성으로 떨어져
우리들의 가슴에 아픔으로 피어나는
꽃인 것을…

끝나지 않은 꿈

꿈이 있기에
난 정말 행복했다.

막연하지만
할 수 있을 거라는 생각에

또한
해내야 한다는 열망과
패기 하나로 무서움이 없었던 시절
그런 시절
… …

아직 끝나지 않은 또 다른 꿈
그 꿈을 향하는 인생의 후반전을 위하여

바램

창밖에
나무들이 우는 것은
창 너머
무심히 흐르는 강물에
조각배 띄어 보내는
내 슬픈 마음 때문입니다.

둥실 두둥실
기다림도 지쳐가는
그리움은

내 사랑과 함께 할 수 있는
산벚꽃이 흐드러진
영원한 둥지에 숨고 싶기 때문입니다

기다림

어두운 밤
바람 소리는
창을 두드리고
뒤척이는 밤은
보고 싶은 그 사람의 얼굴로
가슴에 한가득 담는다.

오늘도
만남과 헤어짐의
줄다리기는 짧기만 하고
기약 없는 이별 앞에 보내는
이 시간은 길기만 하다.

약속의 시간들
그러나
희망의 날개를 달아 보리라
날아 보리라
높이… 높이…

제2부

그리움은 가슴에 묻고

동무

이왕에 만났으니
좋은 인연 맺어
우리 함께 갔으면 좋겠네.

햇볕 쨍쨍한 날
그늘에 앉아 정담을 나누고
눈 오는 날엔
서로의 발자국을 확인해가며
걸어가세나

좋은 인연이
별것이던가
기쁜 날 두 손 맞잡고
슬픈 날
서로 보듬으면 좋은 게지

우리들 만남이
동무 삼아 같은 길을 가는
영원한 벗이 되고 싶다네.

폭우

무슨 설움 그리 많아
그렇게 울음을 멈출 수 없는 걸까?

끊임없이 쏟아내는 너의 눈물에
부풀었던 푸르른 가슴이 무너지고
끊어진 세상에 무거움만 감도네.

길가에 한 아름 얼굴 내민
맥문동꽃들도
햇살 그리다가 지쳐
고개 떨군다.

그 울어대던 매미들이
천둥소리에 놀라
울음을 멈추고 두려움에 떨고 있다.

이제는 그만 슬퍼하고
흐르는 눈물을 멈추렴.

글을 쓰고 싶다

글을 쓰고 싶다.

내게 창작 능력이 부족해 채 발표되지 않은
주옥같은 글들을 만들어 내기란
무척 힘들 줄 잘 알고 있지만
노력해 가면서 부족한 것을 조금씩 깨우치고 싶다

인간이기에 괴롭고 가슴 아픈 우리의 이야기를
자그마한 펜대가 묘사해 낼 수 있다는 건
얼마나 다행스러운 일인가

누구 말마따나 한 많은 세상
온갖 추잡함 없어도
서럽고 슬플 진데
오로지 아름다움과 넘쳐흐르는 사랑으로
한평생 살아가세나.

한마음이 멍울진 우리들의 뜨거운 체온 속에 응고된
차디찬 수은 덩어리의 감촉에도 따스하게 느껴지는
우리네가 되지 않으려나.

위안되지 않은 시간

머언 산에 동이 튼다
새 지저귀는 소리가
내 귓전을 스쳐간다
밤새 위안되지 않은 시간이 초조해진다
자꾸 그 시간이 위안되지 않는다.

새소리는 저만치 가라고 하고
자동차 바퀴 소리가 내 귓전을 스쳐간다
행복하게 되는 시간이
자꾸 그리워진다.

많은 사람들이 길목으로 쏟아져 나와
생존경쟁에 앞장서며
각자 자기 앞날을 위해 힘껏 일한다
누구를 위해 위안의 시간이 되는지.

여기에 서서

햇살이 환하게 내려진 숲에
당신의 사랑 자극하며
양지의 아침에서
파란 하늘은 언제나
우리와 함께 새었습니다

깨이고 싶은 우리들은
당신의 그 사랑을
오직 우리들에게 내주리라 여기며
해맑은 소리 좇아
하이얀 마음에 생명을 쏟았습니다

신비를 향한 채
또랑또랑해진 우리들은
포근한 호흡 속에
하늘을 이고 바다를 포옹하며
타오르는 마음에
꽃불을 수놓았습니다.

하루의 시간

하루를 보냄에 많은 사고를 한다.
이런저런 상념에 시간을 보내면서,
인연이 무엇인지?
인간의 만남이 그 무엇이런가?
다시금 생각하여 보는 이 시간
순간이 아닌 영원을 추구하기에
그 많은 상념에 쌓여 지내는 시간들
오직, 단지, 하나만을.
이 모두가 무엇을 의미함인지.
지나온 시간보다는
앞으로의 시간을 바라보기에
그 모두를 품어갈 수 있을지라.

하나의 시간을 위하여
하나만의 시간과 공간을 위하여
오늘도 보냄인 것이다.

하루를 위한 삶이 아닌 영원을 위한
삶으로의 시간을 위하여.

추월(秋月)

힘들다 못해
애처롭기까지 하다

만나지 못하고
떨어져야 한다
그렇게
세상이 슬퍼하고 있다

옹기종기 모여앉아 깔깔대며
즐거운 이야기와
맛있는 음식을 함께 나누고
신나는 하루하루를 보내고 싶다

가을 달은 알고 있겠지
풍성함과 풍요로움을…

소중한 하루

이래도 가고
저래도 가는 하루

그냥 즐겁게 보내자

나아질 것도 없고
달라질 것도 없다면
그냥 웃으며 살아가자

겨울이 가고
봄이 오듯
모든 게 순리라면
굳이 가슴 쓸어내리며
마음 졸일 것도 없지 않은가

이루어질 일은 이루어지고
안될 일은 안되는 것을
그저 움켜잡은 손아귀
힘 풀면 그뿐 아닌가
웃으며 행복하게
살아가기도 너무 소중한 하루.

기회

우리의 인생은 한번 가면
다시 돌아오지 못합니다

만개한 꽃은
시들고 떨어질 일만 남았습니다

축배의 잔은
높은 곳에서 엎드리고,
앞설 때 더 분발하고,
잘나갈 때 더 겸손한 자의 것입니다

기회는 지금입니다
내일은 오지 않을 수 있습니다

지금이
당신이 사랑하고, 베풀고, 기뻐하고,
행복하고, 감사할 기회입니다.

고향 바다

석양에 물든 저 바다
한 점 흐르듯
떠가는 돛단배

뉘엿뉘엿 꽃구름
바람 따라 흘러가고

붉게 물든 바위섬
짝 잃은 저 갈매기
떠나간 임 그리며
다시 올 날 기다리네.

그리움

창밖의 기척이
님인 듯하여 내다보니 바람이었네

문밖의 그림자
님인 듯하여 열어보니 낙엽이었네

행여
소리 없이 올까 봐 귀 기울이고
그냥 지나칠까 돌아보고

기다리는 마음은
그리움에
속마저 다 타버렸네

내 마음이 빠져드니
애타는 마음 쉽게 헤어나지 못하네

아시려나
인연은
스쳐도 인연인 것을…

시월의 마지막 밤

귀뚜라미 발걸음도 멈추어버린
시월의 마지막 밤

쉼 없이 속삭이던
아직도 푸르고 작은 꿈

마음의 꽃처럼 채색되어
한 폭의 수채화가 되어
달콤한 설렘을 보듬어 안고 있구나

검고 아득한 밤
시간이 지나
가을 새벽의 여명이 시작되면
또 다른
하루가 시작이겠지.

가을

이제는 사랑도
기억 속에 추억이 되어

꽃 내음보다는
마른 풀잎이 향기롭고

함께 걷던 길도
홀로 걷고 싶어라

침묵으로 말하면서
눈 감은 채 고즈넉이 그려보고 싶어라

어둠이 내려앉아
땅속까지 적시기를 기다려
등불 하나 켜놓고
두 손안에
얼굴을 묻어 보련다.

달빛 캔버스

바닷가에 앉아 반짝이는 밤하늘을 본다

바람이 몰고 온 파도
부서지는 물결 반짝이는 모래알은
달빛의 반사로 멋진 풍경을 펼친다

모든 것을 삼킬 듯 밀려오는 파도는
내게 이르러 살며시 부서져 안기고
달빛 키우는 어둠은 바닷가를 밝힌다

휴식 속으로 지나온 삶의 무게는
내 기억의 묵은 캔버스에 스케치하고
상관있는 것끼리 선으로 이어 간다

바닷가 물결 위에 수놓아진 기억들은
수면 가득 달빛의 일렁임으로 다가오고
수많은 기억을 소환한다

그리고
달빛 그림자 멋진 추억을
나의 캔버스에 그려보라 한다.

가슴으로 흐르는 시간

멈춰 선 시곗바늘
시간마저 가두어 버리고
좁혀져만 가는 공간

째깍째깍
정해진 시간일진대
왜 그리 빨리 흐르는가

어둠이 내리기 전
희미한 그림자 감겨오고
고통마저 멈추어버린
침묵의 세상이 찾아 든다

오늘도
중년 아닌
항상 청년이고픈 이 가슴에

코비드여 지나가라

저 떠가는 뭉게구름
어디로 가는가

시름에 찌든
이내 가슴도 쓸어가렴

세월은 변함없이 흘러 흘러
무상함이란 글을 남기며
잘도 지나가는데

흔히 말하는
좋은 시절은
언제 오려나

그 어떤
광풍을 맞이하고
보내야만 오려는가

가을이 간다

가을은 이렇게 지나간다.

떨어지는 가랑잎에
세월을 묻고
정말 가을이 간다

이제는
겨울이 다가오네
찬 서리에
삭풍을 몰고
겨울이 오네

붉은 단풍과
아직
이별을 다 나누지도 못하였는데

겨울바람

차가운 겨울바람이
나뭇가지를 흔들어

얼마 남지 않은 낙엽마저
툭툭 떨어뜨리는구나

불어오는 바람 따라
세월은 가고

찬 서리 맞으며
깊어가는 겨울밤
조금은 서럽기도 하다

찬바람에 떠밀려
또
이렇게
한해의 끝자락을 향해 가는 것을

그리움은 가슴에 묻고

언제나
우리 곁에 인자한 미소 지으며
변함없이 계실 것 같았던 어머니

이제는
당신의 삶이 고단한 것도
느껴지지 않는 곳으로 가셨습니다

기억하는 이들의
안부조차 받아들이지 못하고
아련한 추억만을 남긴 채

참
무정한 세월
가슴이 아파옵니다

기다려주지 않는 것이 세월이라지만
당신의 세월을 어찌하오리까

어머님
지금까지의 그 모습 그대로
그리움을 가슴에 묻으렵니다

– 하늘나라에 가신 어머님을 기리며

그리움 한줄기

기다림에 지쳐
그리움은 눈물이 되고

스산한 바람 소리
가슴을 파고드네

지난 기억을 찾아
그대 향한 마음

밀려온 바람에
가슴 깊이 스며드는
그리움 한줄기.

제3부

꽃과 바람

길벗

서두른다고
하루해가
길어질 리 없고

조금
쉬어간다고 하여
못 오를 리 없는 산행

오며 가며
쉬엄쉬엄
눈으로 감상하고
가슴으로 느끼면서

즐거움 함께 나눌
길벗들 동무 삼아
오늘도
오르고 또 오른다.

놀이터

비 갠 오후 놀이터
파란색, 검정색, 노랑색
다채로운 무늬의 우산을 팽개치고
놀이에 열중인 아이들의 모습
구름 사이로 비추어 내민
눈부신 햇빛을 마냥 즐긴다.

노니는 아이들
각자의 규율 속에 질서를 지키며
즐거움에 웃음을 머금은 천진한 모습들
그네와 시소에 몸을 실은 아이
철봉에 손을, 미끄럼틀에 엉덩이를
맡기어 놓은 아이들
환한 복사꽃 같은 웃음으로 커간다.

놀이터의 하루는
언제나 즐겁고 해맑음이 묻어 있는 곳
미래의 색깔들이 그림으로 채워지는
비 갠 오후 놀이터에는
모래알로 성을 쌓고 허공을 가르며
그네를 타는 아이들의 맑은 눈에는
일곱 색깔 무지개가 들어있다.

줌(Zoom)

어김없이 찾아온 어둠
눈 속에 담아지는 영상들을 보라.

그 캄캄함이 동질화시켜 지배할 듯
숨 막히게 밀려온다.

캄캄함 속에 나만의 공간을 놓고
유유히 세상을 논하여 본다.

세상을 어둠 속에 가두어 두고
가만히 눈을 감아 보라

밀물처럼 왔다 썰물처럼 무심히 사라지는
영상들을 잠시 붙잡아 두고 마음에 담아 보라.

줌 속에 감추어진 나를…

고독

빈 가슴에
한 잔의 술로 채워 보리라

불덩이 같은 가슴은
자꾸만 쓰라릴 뿐인데.

새까맣게 타들어 간 생각만
깊은 수렁에서 몸부림만 칠뿐

텅 빈 가슴에
더해지는 건 서슬 퍼런 고독뿐이네

봄비

봄비가 내린다
지난 시름을 잊으려
눈물 흘리듯 내린다

그 빗소리에
묵은 시름을 덜어보려
귀를 기울여 본다

우리가 기다리던
아름다운 봄꽃도
이 비가 그치면
곧 만발하겠지요

당신의 하루

미소로 여는 아침은
싱그러운 당신을 닮았네요

매일 매일
하루를 열어갈 수 있다는 것만으로
더할 나위 없는 행복이라 하던 당신

오늘도 당신이
많이 웃었으면 좋겠네요

꽃과 바람

구름 따라 떠가는 길에
피고 지는 꽃을 보았는가

너는 꽃으로 피었고
나는 스쳐 가는 바람이었다

물결처럼 흐르는 길에
밤이 되면 별을 보고

사랑을 노래하고
이별을 꿈꾸며 길을 걸었다

그 길에 꽃이 지던 날
나는 바람이 되어 울었다

머나먼 길
때로는 길에 꽃이 피면
너라 생각하고 쉬었다 가리라

가을을 보내며

앙상한 가지에
마지막 남은 이파리가
긴 여운을 남긴 채 떨어진다

높게만 보이는 하늘도
서서히 자리를 옮겨
새하얀 눈빛의 겨울을 맞으려 한다

이제는
떠나려는 슬픈 너를 위로해 주고
다시 만날 다음을 기약하려 한다

사랑과 그리움을 남겨두고
쓸쓸히 돌아서는
너의 뒷모습을 보며
어느새 눈가에 이슬이 맺혀
새벽 찬 서리 내리듯
그렇게 하얀 비를 뿌린다

회한(1)

이른 아침 아무도 없는 텅 빈 거리
차창 너머 가을하늘 스쳐 가는
뭉게구름 바라보니
가슴속 접어둔 내 인생이
책갈피 속에 넣어둔 것처럼 펼쳐 지나간다

지난 기억이
가을바람에 실려
하나, 둘 넘어간다

아픈 상처가 많았던
지난날에 추억
그냥 꿈인가 싶다

생각하면 아픔인 그 기억들
그냥 웃음으로 변해
가을바람에
추억처럼 웃음으로 날리고 싶다.

가을비

비가 내립니다

사랑하는 사람이
서 있던 자리에
빗방울이 떨어지고 있습니다

찬 바람이 불고
낙엽 한 잎조차 떨어지고 있습니다

가을비가 내립니다

사랑하는 사람의
따스한 손길이 그리워집니다

가을 내내 서 있었던 자리에
곧 하얀 눈이 내리겠지요.

대추차

진한 갈색 물결이
춤을 춘다

잠시 머물다 가는 계절에
넘치는 사랑과 뜨거운 열정도
바람 스치고 지나간 가슴에
한낮에 피어나는 갈색 물결

여름을 견디려고
투박한 질그릇에
띄워진 잣이 둥둥
걸쭉한 대추차 휘휘 저어
목을 넘어
온몸을 달인다

눈앞에
꽃길 넘어
흩날리는 행복
아름다운 사랑을 그리며

관계 속에 배움

인생 별거 있나?
그냥 그러려니 하며 살자

이래 살고
저래 살아도
정답은 없다

어차피
한 세상 이리 살다가
한 줌에 흙으로 돌아갈걸

짜증 내면 무엇하고
싸우면 무슨 소용인가

뼈에 박히고
가시가 돋은 말들도
훌훌 털어 버리고 가야지

나의 인생도
어느덧 중년의 가을을
넘어가고 있다

주어진 남은 세월
즐겁고 멋지게
아름다운 사람들과
함께 만들어 가면 그만이지

단순한 일상의 즐거움을 느끼고
삶의 매 순간순간에 집중하며
더 많은 사람들을 만나고
사람들과의 관계 속에서 많은 것을 배우고
더 다양한 경험으로 채우리라

익숙해지자

익숙해지자
마스크 생활을

답답하고 힘들어도
익숙해져야 한다

비 오고
바람 불며
장맛비 밀려오듯
괴롭고 답답함 가득히
밀려온 코로나19

그냥
지내기엔
답답하고 무기력한 생활

움직이며 보내리
시간의 흐름에 순응하며
익숙해지리라

커피

– 공허

헤어날 수 없는
검은 키스의 유혹

입술을 적시고
타고 내려가 가슴으로

아련히 깊어가는
달콤한 향기의 여운

인생이란 그런 것

검은 고독을 담아 마시는
에스프레소 같은 것

방황

오늘도
길을 묻는다

밤하늘
별에게도 묻고
바람에게도 묻는다

살아온 날들보다
살아갈 날이 짧은데도
아직 가야 할 길을 몰라
길을 묻는다

어디로 가야 하나
어떻게 가야 하나

어느 곳에서도
고마웠다고 말할 수 있는
그 길

여름의 끝자락

찌는 듯한 더위도 숨을 고르고
아침저녁 시원한 바람 불어오네

아파트 정원에 매미들
마지막 사랑 찾아 분주히 오가고
길섶에 풀벌레
친구 찾는 소리 처량하게 들린다

하늘에 빨간 고추잠자리
무리 지어 날며
오가는 사람들 눈길 사로잡는다.

회한(2)

– 아름다운 황혼

인생은
바람이고 구름 같은 것

태어날 때
가지고 온 것 없으니
가져갈 것도 없네

내 삶은
그래도 행복했다고
말할 수 있을까

짧은 인생
우리 즐기며 살아가요

아름다운 석양보다
더 아름다운 황혼으로.

어머니

한여름 이글거리는 태양처럼
뜨거운 사랑보다는
구름에 달 가두듯
영원히 잡아두고 싶다

언제나
같은 자리에 항상 서 있는 당신
영원히 떠나지 않고
같은 자리에 계셨으면

지워지지 않을
영원한 사랑으로
단단히 묶어 놓으련다
떠나지 않게

이 순간을
언제나 간직하련다
두 손 꼭 잡고서
사랑합니다. 속삭이며

고향

그곳에는 내가 놀던
갯내음이 난다

그곳에서 내 어릴 적 뛰어놀던
동무들의 소리가 들려온다

고향 향수에 젖어
그리움 찾아가는 곳

청춘은 어데 가고
이제는 백발에 주름뿐인가

그래도
옛 고향 모습이 그리워진다

봄이면 삐비 찾고
여름이면 푸른 밭에
노오란 참외 찾아 헤매고
가을이면 들판에
참새떼 쫓아 소리치던
그리운 고향

노인 가슴에 공허한 마음과
고향의 향수가 흐르고
아리아리한 옛 추억의 고향길
이제는 비틀걸음으로 걷는다.

관계

우리는
한평생 살아가면서
참 많은 사람을 만나고 헤어진다

그러나
마음 깊이
꽃처럼 향기를 남기고 가는
사람을 만나기란 쉽지 않다

기간의 길고 짧음과 상관없이
주고받음이 아닌
정을 나누기란 어려운 것인가

기쁨과 슬픔을
함께 나누며
그렇게 소박하게 살다가
미련이 좀 남으면 어떤가

마음을 잘 다스려
길가에 이름 없이 피어난
한 송이 꽃처럼

침묵하고 있어도
저절로 향기가 나는
그러한 관계로…

제4부

내 안에 그리운 그대

저녁노을

황혼이 질 무렵 강가의 선상에 앉아
한잔의 커피를 음미한다

빌딩 숲 사이로 저물어 가는 붉은 해를 바라보며
하나의 사랑과 시간을 공유하고
미래를 논하며 밝은 웃음을 마음껏 누려본다

바람에 일렁이는 물결은 더덩실 춤을 추듯
세상의 모든 근심 걱정을 거두어 갈까?
바람아!
일렁이는 물결에 우리에 덤도
너의 스스러운 빛에 채색은 언제나 변함이 없겠지만
오늘따라 유난히 붉음을 전해주는 이유는
나의 마음이
따뜻함으로 달구어져 감을 전해주는 듯하다

두물머리

길 잃은 저 나룻배
가는 곳 어디 메냐

저 푸른 물결의 강은
쉬지 않고 흐르는데

내 마음 갈 곳 몰라
길을 잃고 헤매고
너는
강 둔덕에 매여 있구나

저 푸른 물결 넘어
아름다운 행복의 나라로
가고 싶은데

* 두물머리: 북한강과 남한강 두 물줄기가 만나는 곳이라 하여 두물머리

가을 기도

잿빛 하늘 아래
가을바람이
스산하게 불어오는구나

시린 마음 한켠에
분홍 꽃바람처럼

황금물결 등촉 밝힌
들녘의 풍요로움으로
모든 한숨 걷어 주시고

형형색색 무지갯빛으로
채색되어 가는 산과 들에
곱게 익어가는 아름다움처럼

우리의 가슴에도
고운 사랑으로 물들여 주소서

고뇌

한 송이 꽃을
피우기 위해 수많은
비바람을 맞으며

수많은 시간의 시련을
겪고 나서
그리 예쁜 꽃이 되는 것을

서로 서로가 다른 남남이 만나
사랑의 결실을 맺으려면
그 얼마나 많은 시간과 노력이 필요하든가

세상에 저절로 결실을
이루는 것은 없으니…

가을 사랑

가을 햇살에
익어가는 텃밭의
고추는 더 붉게 물들어가고

누렇게 익어가는
저 들녘의 한 가운데
허수아비는 춤을 추네

풍년을 꿈꾸는
농부님네
조심스레 웃음짓는구나

가을바람에 흔들리는
코스모스 바라보며 설레는 마음
떠가는 뭉게구름에 실어
사알짝 웃음 지어 보는
우리 모두의 가을 사랑

가을 향기

- 국화

가을을 상징하는 국화
형형색색의 상징을 담아
온 누리에 가득히 퍼지는 향기

그 향기 너무 진하여
가던 발걸음 멈추고
눈과 마음을 모두 사로잡는구나

그 향기와 아름다움으로
세상의 외로움과 아픔을 거두고
성실과 사랑으로 평화를 갖게 하소서

한가위

고향을 향한 그리움으로
둥근달이 되는 한가위

우리의 삶이
무지와 욕심의 어둠을 밀어내
좀 더 환해지고

모든 편견과 미움을 털어버리고
모나지 않은 순하고 둥글어지기를

온 누리에 비추어진
저 고운 달에 마음을 걸어두고
아름답고 행복해지기를 기도한다

내일

누군가를 만나
만남의 인연을 맺고

그 인연으로
좋은 사람들과 서로
행복을 나누고 가꾸며 살아간다

기다림 없이 흐르는 세월
자연의 아름다움과 여유로움을 누리지 못하고
치열한 경쟁의 삶 속에서
날마다 새로움을 기대하고
행복과 행운을 기다리는 삶으로

그래도
일상 속의 소소한 행복을 찾아
멋지고 여유로운 삶으로
함께 살아가는 모습을 기대하고
하루를 보낸다

더 나은 내일을 기다리며…

갯벌

어릴 적 놀이터였던
드넓은 갯벌

얼마나 뛰고 달렸던가
물 빠진 운동장

칠게와 농게가 달리기하고
짱뚱어가 높이뛰기를 하던 곳

그렇게
마음껏 가슴을 열어
모든 것을 내어 주었는데

이제는
그곳을 우리가 지켜야 한다
영원한 생태의 보고가 되기 위하여

다시 찾은 자작나무 숲

긴 여름 지친 마음
단풍색에 취해보려 찾은 숲

아직 꽃도 시들지 않고
단풍도 들지 못하였구나

가을 낙엽 타는 냄새
구수하게 코끝으로 스며지지 않고
흐르는 세월을 싣고 오는 바람만

부르지 않아도
기다리지 않아도
찾아오는 가을의 향연 손짓
이렇게 느껴보는구나.

술 한잔

힘들고 지친 삶을
풀어 헤치고 모여 앉아

숱한 애환을
털어 버려야지

근심 걱정 접어두고
허무한 마음 꾹꾹 누르며
따르는 술 한 잔에

꿈을 잃어버리고
현실에 쫓겨 살아온
지나온 시간을 어루만져 보세

둘레길

둘레 길을 돌아보며
늦가을 마지막 단풍의 정취를 흠뻑 느껴본다

오색으로 변한 단풍잎과
찰랑거리듯 휘날리다 떨어지는 낙엽

더불어 솔솔 불어오는 가을바람에
눈과 코는 미친 듯이 홀리어

눈 속에 단풍 둘레 길을
가득 담아본다

늦가을 단풍으로 펼쳐진
둘레길 유혹의 자태와 함께
자연의 아름답고 위대함을
다시금 느끼면서

내 안에 그리운 그대

비가 내린다

오늘같이 비가 내리는 날은
내리는 비에 그리움 싣고
그대를 찾아갑니다

내리는 비에는
옷이 젖지만
쏟아지는 그리움에는
가슴이 젖는다

빗물에 하루를 지우고
그 자리에
그대 생각을 채워
그리움을 담으렵니다

채워진 그리움
바람 불어 소식 전하면
누군가 빗속을 달려올 것 같은
설렘

내 안에 그리운 그대

고향 생각

커피 향 속에서
가을 낙엽 타는 냄새가 난다

오랫동안 찾지 못한
고향 들판의 그리움을
그려내며
가을 냄새를 맡는다

잊히지 않는
그 세월의 노래
보고 싶다는 말은 하지 않아도
추억을 부르는 가을 냄새

낙엽 타는 듯한 커피 향에
입맞춤하며
고향 하늘을 휘돌아 본다

붉게 물든 단풍잎처럼
깊어가는 가을만큼
온몸 휘감아 밀려오는
고향의 그리움

아버지

파도처럼 밀려와
뼛속까지 젖어 드는
그리움 한 줌

잊을 수도 만날 수도 없어
보고파 하는 마음만
쉴 새 없이 흐른다

슬픈 운명처럼
외로운 고독
너무 아파서
그냥 불러 봅니다

아버지!

황혼(1)

저녁노을 석양빛에 물들고
불어오는 바람에
마지막 남은 잎마저
낙엽 되어 떨어져
길 위에 퍼즐을 모두 맞춘다

떨어진 낙엽 밟는 소리
바스락바스락
걷고 또 걸으며
지난 추억의 빛바랜
하얀 그리움을 새긴다

어디로 가나
돌아올 사람 없는 기다림 속에
텅 빈 가슴 쓸쓸함만이 더해가네

낙엽

가을의 이별은
붉고 노란색으로 물들어
그리움을 안고 사그라져 간다

그토록 아파했던
하나의 몸부림마저도
추억과 상념으로 변해
쓸쓸한 바람과 함께
바스락바스락

청춘은 흘러
늙고 병들어 지쳐가는
사랑의 뒷모습처럼
허전하고 쓸쓸한 황혼으로
길바닥에 뒹구는구나

그리운 친구

겨울이 찾아오면
학교 앞 김이 모락모락 나는
호빵 가게 앞에 모여
군침 흘리던 어린 시절이 생각난다

처마 끝에 매달린
고드름 따서
친구들과 병정놀이 하던 시절

등하굣길에 앞바람을 피하려
큰길 아래 논길로 뛰어다니던
추억을 그려 본다

마을 앞동산에
책가방 팽개치고
해질 때까지 어깨동무하며
놀이에 여념 없던 친구들이 보고 싶다

차가운 하늘가에
햇살을 그리워하듯
언제나 부르면
환하게 웃는 얼굴로
달려 올 것 같은
그리운 친구들…

기억(2)

흐르는 세월에 떠밀려
속절없이 맞이한 중년의 시간

들꽃 한 송이조차
이름이 있고
존재의 의미가 있을 진데

그저
오늘의 삶을
주어진 틀 속에 가두고
어제의 아픔과 슬픔까지도
추억이라는 이름으로
기억하려 한다

지금의 행복

만남과 헤어짐의 연속

세월의 무상함 속에
그리움 찾아

차 한 잔 마주하며
지난 추억을 되새겨 본다

수줍어서 고백하지 못했던
철없던 옛이야기들을

노년이 되어가는 길목에
만남과 헤어짐을
더 이상 슬퍼하지 않아

지금 이 순간이 행복해

제5부

삶의 그림

겨울비

겨울을 재촉하는
비가 내린다

가을 단풍을 바람에
보내기도 서러운데

바람과 함께 달려온 비는
마지막 외롭게 남은 잎마저
지워 버린다

세월을 보내며
몸도 마음도 아픈데

앙상한 가지만으로
퇴색되어버린 나무를
바라보는 것은 더 시리다

겨울밤

– 독백

차가운 겨울바람이
창문을 두드린다

흔들리는 바람 따라
세월도 가고

찬 서리 맞으며
깊어가는 겨울길에

서러움 한가득 안은
시린 가슴 도려내고

언제나 그러하듯
겨울 속 시간의 흐름을 아쉬워하며
한해의 끝자락을 향해
깊어만 가는구나

당신을 사랑합니다

- 어머니 면회를 마치고

당신 앞에서
한 번도 사랑한다는 말을
못하고 살아왔습니다

그저 헤어질 때는
눈웃음만 보이고
뒤돌아서곤 했지요

주기만 하던 사랑
더 많이 줄 수 없음에
아파하시던 당신

줄 것이 있음에
줄 수 있음이
기쁨이라 여기시던 당신

그런 기억만을 안고
오늘도 웃음으로만
사랑을 전함이다

나 그렇게 당신을 사랑합니다

삶의 그림

인간은
삶을 살아감에 많은 그림을 그린다
붉고, 푸른색으로
옅고, 짙음을 채색해가며
저마다의 그림을 그리고
또 그려가면서 시간을 보내며
내일을 기약한다

나의 삶은 어떠한 그림으로
그려져 가고 있는가?

아름다움과 아쉬움에 시간을 보내며
나만의 세계를 추구하며
색의 조화를 꾸미고 있는가
자신에게 물어봄이다

나의 세계를 진실하게
그려가고 있는가를

나의 세계를 그려가는가?

서울의 달

서울의 달
그저 둥글고 밝기만 한 서울의 달
그 누구의 환한 미소 같은 그러한 모습
오늘도 변함없이 힘차게 떠오른다
둥글고 환한 미소와 함께

저 달에 나의 생각을 실어
멀리멀리 띄워 보내련다
그리워하는 사랑에 띄워보는 사연
전해지지도
다시 답해지지도 않는
그러한 사연을 저 달에 실어 봄이다

이른 겨울의 하루

계절의 변화에 따라
겨울이라는 시간이 찾아왔다

찾아온 계절의 변화에
나를 맡겨야 한다

이 이른 겨울의 하루를 보내며
이런저런 많은 만남을 갖고
그러한 만남 속에
나의 삶을 살찌우려 한다

세상의 모든 게 잿빛을 발하며
차가워지는 계절의 변화에
나의 생각과 사고도 함께
움츠려 들어가려 한다

많은 계절의 변화 속에
자신을 돌아보며 떠나는 여행
새로운 희망을 위한 여행
그 여행 속에
만남과 동조를 이루며

삶의 공간을 채워 가면서
인생이라는 여행을 즐기며 떠남이라

이른 이 겨울의 하루를 보내면서
오늘도 어김없이
저편 너머의 삶을 생각한다
그 무엇인가에 몰두하고 있을
그 삶을 그려본다

낙엽마저 떨어진 가로수 사이로
질주하는 자동차와 같이 빠르게
지나가는 시간을 아쉬워하면서
이 겨울의 하루는 어김없이 지나만 간다

5월의 상흔

시뿌연 하늘에 햇살이 비친다

비추어진 햇살에 세상을 일깨우며
지긋이 다문 입술 사이로 머금은 미소
그 속에서 희망을 찾아봄이다

찌그러진 상흔에 치유를 위하여
오늘도 마음에 상흔을 지워 가면서
5월의 상처는 저 깊은 가슴속에
씌워져 있는 상처이거늘

높아져 가는 하늘을 바라보며
흐르는 구름에 시름을 실어
저 가슴속 깊이 메워져 있는
5월의 상흔을 씻어 봄이여

열병의 시간

오늘도 하루가 간다

아무런 변화 없이
그러한 시간들만이 흘러간다

나에 하루를 나의 손이 아닌
다른 어느 누구의 손에 맡긴 듯
그러한 시간들

내 마음은 그저 마음일 뿐
어느 무엇도 마음과 같이 해줄 수 없는
그러한 모든 것
마음! 마음!
그런 게 무어란 말인가?
아무것도 해줄 수 없는 지금의 시간뿐인데

그러한 시간이 오겠지
바라고 바라는 마음에 오늘의 이 시간을 보낸다
하루의 무상함을 달래고 달래어 보면서
오늘의 시간을 지냄이어라!

그리움

– 어머니 면회길

서글픔 안은 안개비가 내리는 아침
흐리디 흐린 안개 속을 달려
그대가 있는 곳으로 갔습니다

보고 싶어도 보지 못하고
만나고 싶어도 만나지 못함이
그대와 나와의 현실입니다

그래도
그곳에 가면
내 그리워하는 그대를 볼 수가 있었습니다

오늘
그리움이 넘치면
그 그리움이 넘쳐흐르면
내 슬픈 사랑도 서러움으로 되고 맙니다

사랑하는 어머니
내 투명한 삶의 여백으로 남을 그대와의 만남이
새삼스레 행복하고 또 행복합니다

하루의 상

비 갠 아침
잿빛 하늘에 뿌연 세상
모두에 마음을 싣고 있는 듯
안개에 억누름이다

밝은 태양에 오후
저마다의 힘찬 발걸음
생기에 넘쳐흐르는 눈
생동감에 동질을 추구하는 시간

어둠이 깔린 저녁
하루를 정리하며 마감하는
시간 속에 자신의 시간을 정리한다
내일의 앞서감을 위하여
오늘을 정리하는 것이다

내일을 위하여
더 밝은 내일을 위하여

그리움을 기다리며

그리움!
보고 싶음에 저리는 마음을
여미는 것
그 마음이 그리움이다

사람에게 그러한 마음이 있기에
사랑이라는
그 아름다운 것을 누릴 수 있음이다

보고 싶음, 그리움, 사랑
이 모두가 인간이 바라는 마음이오
가슴에 설렘일진대
나 또한 그러함을 바라며
그리하고 있는 것을 보고 느낀다

언제나 그러하듯 누구를 생각하며
그리워하는 마음은 기다림이다
인내 속에 싹 틔워진 그러한 진실을 바라고
진실함에 맺혀진 그리움의 열매
그 사랑은 더 더욱 빛을 발한다

그리움
기다림
사랑
사랑이라는 열매를 위하여
오늘도 그리움을 기다린다.

눈 오는 날의 기억

겨울눈이 내린다

춥고 외로운 마음 달래려
하얀 눈이 펑펑 내린다

쌩쌩 무서운 칼바람에
마지막 남은 잎마저 시집보낸
앙상한 가지 위에 하얀 옷을 입힌다

세상의 온갖 시름도
저 하얀 눈으로 덮어 잠재울 수 있었으면
세파에 지쳐버린 우리 모두가
평안함으로 시간을 즐길 텐데

뒤집어쓴 털외투 주머니 속
따뜻한 손처럼
하얀 눈에 덮인 세상의 순백에
그 하얗고 맑았던 시절의
아름답고 따뜻함을 기억해 본다

함박눈 오는 날에

털모자 쓰고 털장갑 끼고 나와
마을 동산에 모여 눈사람 만들어
나뭇잎과 가지로 얼굴을 장식하던
순수하고 어린 시절을 기억함이다.

초여름

무더위는 어김없이 찾아온다

반기고 찾는 이 없어도
변함없이 성큼성큼 다가온다
푸르른 진녹색의 물결을 드리우며
온 누리를 덮어간다

더위에 이 한 몸 식힐 곳 찾아
마을 앞 정자나무 그늘 아래에
한 몸을 맡겨보면
시원함보다는 편안함이 앞선다

아직 가지 않은 길

이제 다 왔다고 말하지 말자

천리만리였지만
그동안 걸어온 길보다
더 멀리
가야 할 길이 있다

행여 날 저물어
하룻밤 잠들고 새우고 나면
더 멀리 가야 할 길이 있다

그동안의 친구였던 외로움
어찌 그것이 외로움뿐이었으랴
그것이야말로 세상이었고 길이었다

아직 가지 않은 길
어느 누구도 모르는 세상
그 길을 향한 발걸음에 바람이 분다.

동백꽃

오랜만에 찾아 내려온 동백정에
차가운 바람과 함께 함박눈이 내린다

녹색의 잎은 새하얀 눈으로 뒤덮이고
그 사이에 수줍은 듯 붉은 입술 내밀어
자태를 알리는 동백꽃이 먼저 나를 반긴다

멀리서 달려온 나에게 온통 하얗게 변해버린
세상의 창을 열어주는 듯 붉음을 더더욱 발한다

그동안 단절되었던 시간을
붉게 타오르는 사랑으로 맞이해 주며
눈 속에서도 수줍은 듯 겸손하게
아름다움을 뽐내는 너의 자태가
이 한겨울에 빛을 발하는구나.

미련

세상에서 가장 슬픈 일은 잊혀지는 일이다

뇌리에서 영원히 잊히지 않을 것 같던
그리움도 서서히 잊혀져 가고 지워져 간다

죽을 만큼 사랑했던 기억도
무한한 세월의 차가운 눈물이 되어 호수를 적시고
생사를 가로지르는 기쁨과 슬픔으로
당당하게 세상 풍파 겪어내며
잃어버린 한 생의 미련을 남기고
천년의 그리움으로 남는다

뒤 돌이

저마다의 바쁜 발걸음으로 오가는 인파 속
그 누군가를 찾아본다

없는 걸 알면서도
목을 느려
눈을 돌려 찾아본다

무엇을 위하여
누구를 위한 찾음인가
아니면 나 혼자만의 바람에 찾음인가

시간의 지남에 흐려지는 눈망울
머금은 눈물은
그 어디에 씻어버릴 수 있음인가
모든 게 스러져 가는 이 시간에도
찾아봄은 계속됨이련만

저녁노을
-퇴근길

아파트 숲 사이로 지는 해를 바라보며
강변길을 질주하는 차량의 행렬들 사이로
함께 어우러져 달려간다

차들 사이로 요리조리 헤쳐 나아가는 삶의 모습들
저녁 햇살에 밀려 불어오는 바람
한낮의 더위를 식혀주어
평온함을 주려는 듯 산들산들 불어온다

강물 위를 한가로이 떠다니며 유유자적하는 물새 떼
또한 한낮의 더위를 식히려는 듯 마음껏 자맥질을 해댄다

강물의 푸르름도 저녁노을의 붉은 빛에 물들어 버린 이 시간
삶의 테두리에 어우러져 쌓여있는 우리들의 생과 함께
모두가 생을 위한 힘찬 몸부림을 해댐이다

나 자신 또한 저 노을 속으로 힘차게 달려 들어간다
하루를 접으며
또 하루를 시작하기 위하여
새로운 힘을 쏟아부음이라
새로움에 시작을 위하여
오늘에 저녁노을을 마음껏 누리며 즐기리라
오늘에 이 시간을

삶

사람이 삶을 살아감에
얼마나 많은 사연을 만들어 갈까?

수많은 사연 중에 기억하고 기억하며
남기고 싶은 사연은 과연 그 얼마일까?

삶이란 그 자체가 아름다우며
누려볼 만한 일이 아니든가
물론 가꾸어 가며 살아가는 것이겠지만
그래도 취하며 누려볼 만한 일인 것을

삶에 영혼을 부여하며
자신에 세계를 마음껏 그려보면서
누림을 삶에 영혼을 살찌우며
주어진 삶을 가꾸어 나아가자

시간

오늘에 하루도 흘러 흘러 지나간다
더위와 지침에 시들은 몸을 가누면서
하루에 오후를 보냄이다
지나는 시간을 붙잡아 자신에 세계를
이루어 보려 함에 부질함을 더해 본다

이웃을 그려보며 테두리를 만들어 감에
또 다른 시간을 주어 본다
주어질 수 없는 시간이나
그래도 주어짐을 위하여
하루의 시간을 나누어 본다

하루를 정리하여야 할 오후의 시간
내일이라는 시간을 기다리며
오늘을 정리하여 본다
부질없는 시간의 마무리를 위하여
내일
또 다가올 다른 그 내일을 위하여

제6부

꿈

고향 하늘

고향에 높고 푸른 하늘은
언제나 그러하듯 모두를 반긴다
맑고 싱그러움을 발산하는 고향에 풋내음
여기저기 널브러지듯 피어난
유채화의 노오란 물결
불어오는 갯바람에 푸르름을 머금고
새순을 피어낸 나무들
모두가 정겨움을 더해만 준다

푸르르게 물들어가는 고향에 들녘과 산
갖고 없음을 탓하지 아니하며
변함없이 반겨주는 고향
모두가 고향을 못 잊고
그리워하는 마음도
이 푸근함을 항상 갖는
고향의 변함없음이리라

고향의 봄은
언제나 풍요함을 약속함이여
고향 하늘의 높고 푸르름을 그리며 보고 싶음이라
풍성함을 심어줄 고향에 봄기운을

황혼(2)

하루해가 저무는 이 시간에도
도로 위의 차들은
분주하게 달리기만 한다
저마다의 바쁜 생들을 같이한 채
굴림을 계속하며
저무는 석양을 향하여 달려간다

붉게 물들어 저무는 석양 속으로
빨려 들어가듯
힘차게 달려 목적지를 찾아감이다

열린 창문으로
봄 내음에 향기를 마음껏 머금으며
웃음과 희망을 안고 질주하듯
달려가는 차 안의 생명들
그 자체가 삶의 모두다

나 또한 그 무리들 속에 합류하여
오늘도 그 길을 찾아가며
내일 또다시 이 길을 지나
내일의 석양을 맞이할 것이다

물 흐르듯 흘러 달리는
크고 작은 각각의 차량만큼이나
삶의 형태도 다양한 모습으로 비추어져
시간의 흐름을 이어갈 것이다

크고 붉게 물든 석양처럼 시간의 황혼을
바라지 않는 마음의 연속처럼
자신의 시간을 영위해 갈 것이다
언제나 같은 모습으로 시간의 흐름을 쫓아

빛바랜 사진

파도 소리 철썩거리는
시골집 마루에
겨울 햇살이 눈부시고

가슴 한켠
그리움 하나 다가와
이렇게 먹먹하게 한다

따스한 겨울 햇살
유난히 따스하게 내리쬐는데
무슨 까닭에
이토록 가슴 시려 오는가

덩그러니 걸려있는
빛바랜 사진들 속
묻어나는 옛 기억들에
모락모락
그리움만 피어오른다

여행길

살아가는 것은
잠시 머물다 가는
여행길이다

오고 가며
피고 지는
자연의 순환에
순응하며 가는 길

변해가는 모습에
미련과 후회 없이
길들어져 가는 것

여행을 마치는 날까지
참 여행의 목적을 위하여
묵묵히 걸어가야지

퇴근길(1)

잔뜩 찌푸린 잿빛 하늘
금세 눈이라도 내릴 것 같은데
텅 빈 거리는 을씨년스럽고
어둑어둑 땅거미 짙어가네

우중충한 날씨는
하루를 마감하는 마음을
더욱 우울하게 하고
생각마저 진회색으로 물들인다

혼자라는 쓸쓸함이 밀려들어
고독한 겨울바람에
더더욱 가슴 차갑게 식어가네

이런 날
하얀 눈이라도 내려주면
조금은 포근하련만

귀향길

고향으로 달려가는
행복의 귀향길
추억을 소환해 달리는 꿈속 같은 길

차창 밖 펼쳐지는 들판은
새하얀 눈으로 덮여
눈이 부시다

추억이 서려 있는 이 길
막힘 없이 고향길을 달려
옛 청춘을 소환해 본다

세월은 변하지만
언제나 그대로 지워지지 않는
추억이 묻어나는
고향 가는 길

꿈

이마에 주름이 지고
머리에 흰 눈이 내려앉아
빛바랜 모습으로 변한다 해도

사랑하며 살다가
세월이 흐른 후
하늘의 별이 되는 날
커다란 웃음을 짓는 모습으로 가리라

노오란 개나리

겨우내 웅크리다가
수줍은 듯 살짝 내미는
노오란 볼빛

화려한 왕관처럼
빛을 발하진 않아도
너는
우아한 손짓으로 인사를 한다

아직은 차가운 바람에
흔들거리는 가지마다
살며시 얼굴을 내밀어
지나는 이의 마음에 훈훈함을
머금게 하는 미소로
봄의 기운을 알리는구나

봄맞이

화창한 봄맞이
나온 공원길
눈부신 봄빛이 가득하구나

길옆에는
파릇파릇 새싹들이
인사를 하고
먼저 피어난
꽃들이 방긋 웃는다

두 팔 힘껏 벌리고
가슴을 내미니
봄바람이 한가득
안기어 오네

산 오름

한발 두발 내딛어
산을 오른다

바람과 나뭇잎 친구삼아
말없이 오른다

지나온 힘든 일을 생각하며
숨을 크게 내쉬며
돌부리 발에 차이고
미끄러질세라
정신 차려 한 걸음 한 걸음 오른다

정상에 올라
내려다보니
그 모든 것이 다 작아 보여
세상만사 부질없이 느껴진다

세상은 내가 마음먹기에 따라
아주 작은 것에서
미소와 희망을 찾을 수 있음을

구름 가득한 잿빛 하늘

그곳에서
포근한 햇살을 기다리며
조용하고 평온함이 가득한 시간
커피 한 모금 넘어가는 소리뿐
적막감이 맴돈다

연속되는 날이지만
분명 어제와 다른 오늘
질 좋은 삶으로
한발 힘차게 내딛는다

시샘

춘삼월을 시샘하고 가는 세월
보내기 싫어
펑펑 내리는 눈꽃 송이

산허리 굽이치며 내려와
나뭇가지마다 소복이 쌓인다

떠나기 싫고
보내기 싫은 이 시간을
가기 싫다 투정을 부리며
마구 토해 놓는다

내리는 함박눈
온 산을 하얗게 덮어
메마른 나뭇가지에
마지막 인사를 하는구나

방파제

줄기차게 밀려와
철썩철썩 부딪혀
부서지는 파도

하이얀 물보라 일으키며
갯바위를 수없이 쓸어내린다

흰 슬픔 간직하고
세속에 찌든
이내 가슴은
무엇으로 씻어낼 수 있을까?

퇴근길(2)

가슴 깊이 스며드는
봄바람과 함께
붉게 물들어가는
황혼 녘에
물어본다

희망을 안고
젊음을 불태우던
그 시절이 그립지 않냐고

엄습해 오던 피곤 속에서도
집념과 열정으로
몸부림치며
달리던 그 시절이

그러면
오늘은 누구를 위하여
이렇게 달리는 것일까?

산행길

햇살 스치는 가지마다
봄꽃 고개를 내민다

스미는 바람에
한결 물오름을 더하며
아기 발걸음처럼 살짝 일어서
고개를 방긋

기쁨과 웃음으로
계절의 변화를 전해주는 너

달달한 향기 속
오고 가는 길 위에 그리움 가득

봄바람(2)

노오란 개나리 지니
연녹색 잎이 돋아나고

만발했던 벚꽃은
하얀 눈꽃 되어 흩날린다

다가온 봄은
이제 슬슬 떠날 준비를 하는 듯
한낮의 기온은
벌써 이마에 송글송글
땀방울을 맺게 하는구나

바람아
조금은 머물며
천천히 불어다오

봄 향기

오늘도
청계산에 오른다

봄 내음 가득한
진달래 능선으로 오른다

지천으로 피어난 진달래꽃

오르는 길 내내
진달래꽃 한잎 두잎 안주 삼아
봄 향기에 취해본다.

장봉도 산행길

사월의 꽃향기
가득한 장봉도

목련 개나리 진달래
벚꽃과 함께 한데 어우러져
눈을 호강시킨다

또한
발밑에 제비꽃 민들레 등도
저마다의 자태를 뽐낸다

꽃과 바위로 어우러져
행복과 사랑으로 가득한 바닷길

철썩거리는 파도 소리와
나는 갈매기 울음소리에
귀 또한 호강을 누린다

오늘도
화창한 봄날에
이 행복 가득한 길을
걸을 수 있음에 감사함이다

봄소식

비 온 뒤 길가에 가로수가
새로운 생명의 잎으로
옷을 바꾸어 입었네요

차창 밖으로 보이는 잎들은
온통 푸르름의 향연

연록색으로 얼굴 내미는
새로운 잎의 생명이
너무 반가움을 느끼게 합니다

추운 겨울의 비바람을 이겨내고
새로운 생명의 나래를 펴는
연록색의 잎들을 보며
어둠과 시름을 잊고
희망의 기운을 키워 보시기 바랍니다.

4월은 가고

봄비에 쓸려
떨어져 버린 하얀 벗꽃
짧은 여운만 남기고
사라져버린 자리

파릇파릇 돋아난
나뭇잎과 풀 향기 코를 찌른다

봄의 특권인
연록의 향연 속에
5월은
나에게
손짓하며 저만큼 다가오네.

□ 서평

인생의 꿈을 적고 그리움의 시를 쓰다

- 임하영 시집 『내 안에 그리운 그대』

최 봉 희(시조시인, 평론가, 계간 글벗 편집주간)

임하영의 문단활동은 한국시와소리마당과 인연을 맺은 후 2020년 『대전문학』 시 부문 신인 작품상을 수상하면서 시작한다. 2022년 글벗문학회에서 활동을 통해서 그의 창작활동은 성장한다.

임하영은 충남 장항 출생으로 국민대 대학원 공학박사(자동차 전자제어시스템)학위를 받고 (주)현대자동차에서 근무하고 우송정보대학교 교수를 역임했으며 (주)경진테크니컬솔루션 부사장으로 근무하며 한국시와소리마당 수석부회장을 맡고 있다.

그의 아호는 덕해(德海)다. 바다처럼 덕이 많은 사람이다. 문학회 활동에 어려움이 있을 때마다 따뜻한 가슴으로 조언하는 것은 물론 응원해 주고 있다. 참으로 글벗과 이웃을 생각하는 마음이 따뜻한 시인이다. 그와의 첫 만남은 2022년 8월에 글벗문학회를 통해서다. 마침내 지난 10월에 종자와시인박물관에서 반가운 만남도 가졌다.

그의 첫 시집 『내 안에 그리운 그대』를 읽고 느낀 소감을 말하자면, 시의 시각화의 효과를 드러낸 그의 시적 재능을 확인할 수 있었다는 점이다.

시 쓰기는 시각화와 청각화의 효과가 있어야 한다. 시를 쓰면 그것이 아주 간결한 문장이라도 눈에 보이는 하나의 세계를 그릴 수 있어야 한다. 그런 면에서 시의 창작은 창조적이고 역동적인 글쓰기인 셈이다.

특별히 그의 시에는 삶의 이야기가 담겨 있고 대상에 대한 감각의 예민함이 담겨 있어 시인의 개성적인 상상력을 경험할 수 있었다.

그의 첫 시집 『내 안에 그리운 그대』에 담긴 시를 분석해 보면 '꿈'과 '그리움', 그리고 '행복', '사랑'의 시어가 반복해서 등장한다. 꿈(13번)에서 그리움(34번)으로 향하는 삶의 여정은 행복(21회)을 소망하고 마침내 사랑(54회)의 완성을 꿈꾸는 듯하다.

떠오르리라
힘차게 솟은 푸른빛아!
너를 밝힌 세상에 서서
새 생명을 잉태한 찬란한 빛을 향해
저 눈이 부신 태양의 솟아오름을 보라

약속의 새끼손가락을 걸어 보라
진실한 마음을 열어 소리쳐 보라
사랑하는 임의 행복을 빌어 보라

거두어 지리라,
응해 주리라

당신의 가슴을 열어
저 태양으로부터 빛을 내려받으라.
당신과 나만을 위한 세상을 꿈꾸라
그리고 여명의 하루를 시작하라
우리들의 세상을 꿈꾸며 …
– 시 「여명의 소리」 전문

인용된 시에서 보이듯 제목에서 암시되듯 시의 분위기는 서정적이면서 긍정적이며 희망적이다. 그래서 그의 시에 등장하는 세계는 눈부신 태양이 빛나고 진실한 마음을 표현할 수 있는 여명의 시간이다. 그래서 시인은 행복의 세상을 꿈꾼다. 그 행복한 세상에는 사랑과 그리움이 존재한다. 시인은 시로 그 사랑과 그리움을 그리고 행복의 꿈을 꾼다. 그의 시적 정서를 보여주는 다른 시를 찾아보자.

이마에 주름이 지고
머리에 흰 눈이 내려앉아
빛바랜 모습으로 변한다 해도

사랑하며 살다가
세월이 흐른 후
하늘의 별이 되는 날
커다란 웃음을 짓는 모습으로 가리라.
– 시 「꿈」 전문

나이가 들어서도 육신이 변한다고 해도 오롯이 사랑하며 살겠다는 그의 소망은 마침내 별을 꿈꾼다. 그때는 커다란 웃음을 짓는 행복의 모습으로 말이다.

임하영 시에서 숨겨진 비밀을 캐내기 위해서는 사랑과 그리움의 의미를 찾아내야 한다. 그렇다면 임하영 시에 나타난 사랑과 그리움은 어떤 사랑, 어떤 그리움일까?

모락모락
하얀 물안개
세상을 녹여 놓을 듯
피어오르나니

이 세상 얼어붙은
마음을 따뜻하게 녹여줄
당신의 물안개

하얀 물 위에
피어오르는
그리움이어라

당신의 그리움 피어오르듯
안개꽃처럼 피어나는 물안개
끝없이 애달픈 내 사랑이어라.
- 시 「물안개」 전문

그리움은 얼어붙은 마음을 따뜻하게 녹여주는 존재이면서 안개꽃처럼 몽실몽실 피어나는 물안개라고 말한다. 사랑은 그렇게 붙잡으려면 사라지는 끝없이 애달픈 사랑이다.

눈 내리는 밤
소리 없이 내리는 눈
소곤소곤
그리운 이의 이름을 불러 봅니다

그러나
눈은 소리 없이
무정하게 내리기만 합니다

눈 속에 그리운 이의 얼굴을
그려 봅니다
보고 싶은 얼굴 위로
눈은 말없이 소복소복 쌓이기만 합니다

이 밤
너무나 멀리 있는 당신
하지만 나의 마음은
벌써 하얀 눈 위에 당신을 향한
발자국을 남기며 달려가고 있습니다
당신을 향한 내 애타는 그리움을 안고서.
- 시 「눈 내리는 밤」 전문

그리움은 소리 없이 시인의 마음에 쌓여 간다. 임을 향하여 끊임없이 달려간다. 그리움은 영원한 것이다. 그렇다면 사랑은 어떨까? 사랑은 한계가 있다. 더 가까이 갈 수 없다. 모두가 두려움과 슬픔 때문이며 상처를 주기 때문이다. 그러나 그 사랑은 멈출 날이 있는 유한한 사랑이라 영원하지 않다고 본다. 오히려 영원한 그리움은 존재한다.

내가 당신을
더 이상 사랑하지 못하는 것은
까닭을 알 수 없는 두려움 때문입니다

이렇게 날마다
당신을 그리워하면서도
더 이상 가까이 갈 수 없는 것은
나의 못난 마음을 휘젓는
알 수 없는 슬픔 때문입니다

내가 당신을
이토록 간절히 원하면서도
더 이상 옆에 둘 수 없는 것은
당신을 향한 나의 뜨거움에 혹여 당신이 데일까
밤새 까맣게 타버린 이 못난 마음 때문입니다

그러나
이런 나의 기막힌 사랑도
언젠가는 멈출 날이 오겠지요
그때 이 불같은 나의 연정이
당신을 향한 허망한 손짓이 아니길
간절히 기도 하겠습니다.
– 시 「기도」 전문

사랑이 언젠가 멈출 날이 있을 것이라고 말한다. 그러나 불같은 연정(그리움)은 허망한 손짓이 아닌 영원한 것이다. 뚝배기에서 뜨겁게 끓던 사랑이 끓는 것을 멈추면 더 이상 사랑이 아니다. 오래도록 유지되는 것이 그리움이 되고 추억이 되는 것이다.

창밖에
나무들이 우는 것은
창 너머
무심히 흐르는 강물에
조각배 띄어보내는
내 슬픈 마음 때문입니다.

둥실 두둥실
기다림도 지쳐가는
그리움은

내 사랑과 함께 할 수 있는
산벚꽃이 흐드러진
영원한 둥지에 숨고 싶기 때문입니다.
– 시 「바램」 전문

그의 꿈은 내 사랑과 함께할 수 있는 영원한 둥지를 꿈꾼다. 그래서 나무들이 울고 흐르는 강물에 조각배를 띄워 보내고, 산벚꽃이 흐드러진 그 날을 기다리며 그리워하는 것이다.

밝음에 익숙해져만 있는 우리의 삶
그러한 일상의 연속이기에 우리 모두는
어둠을 두려워하는지도 모른다.
어둠 속에는 그 어느 무엇도,
감출 수 있는 마술 같으니.

어둠 속에 묻고 싶은 자신을
어디에 버릴 수 있단 말인가?
나 또한 어둠을 기다릴 수밖에
나에게만은 밝음이 빨리 돌아오기를
기대하면서 공존의 어둠을 맞이한다.

어둠이 지나면 밝음에 시간인 것
세상에 순응하듯 시간에 적응해 가며
내일을 위한 향연을 이 밤도 열어본다.

나만의 향연을 …
꿈을 찾기 위한 시간을 맞이하면서
이 밤의 향연을 열어 나만의 시간을 즐기려 한다.
– 시 「어둠의 향연」 전문

임하영의 시 세계를 살펴보면, 그의 깨달음은 어둠 속에서도 긍정의 세계를 바라보는 마음의 눈길이 따듯하다. 어둠을 기다리면서도 밝음의 순간을 기다린다. 그래서 오늘이 힘들더라도 나의 꿈을 찾기 위한 어둠의 향연이 되는 것이다. 그래서 시인은 꿈을 찾기 위한 나만의 시간을 노래한다. 그것이 시를 창작하는 나만의 향연, 나만의 시간이리라.

꿈이 있기에
난 정말 행복했다.

막연하지만
할 수 있을 거라는 생각에

또한
해내야 한다는 열망과
패기 하나로 무서움이 없었던 시절
그런 시절
… …

아직 끝나지 않은 또 다른 꿈
그 꿈을 향하는 인생의 후반전을 위하여
– 시 「끝나지 않은 꿈」 전문

일반적인 시의 내용이지만 시인은 꿈이 있어서 행복하다고 말한다. 무엇인가 할 수 있겠다는 막연한 열망과 패기가 그를 움직이게 한다. 그래서 마침내 그는 첫 시집을 출간한 것이 아닐까?

구름 따라 떠가는 길에
피고 지는 꽃을 보았는가

너는 꽃으로 피었고
나는 스쳐 가는 바람이었다

물결처럼 흐르는 길에

밤이 되면 별을 보고

사랑을 노래하고
이별을 꿈꾸며 길을 걸었다

그 길에 꽃이 지던 날
나는 바람이 되어 울었다

머나먼 길
때로는 길에 꽃이 피면
너라 생각하고 쉬었다 가리라.
- 시 「꽃과 바람」 전문

인생길에서 그는 사랑의 꽃을 만났고 물결처럼 흘러가는 세월 속에서 사랑을 노래한다고 말한다. 그런데 이별을 꿈꾼다고 말한다. 이별을 염두에 두고 사랑은 곧 이별은 당연한 것으로 알고 있는 듯하다. 사랑은 영원한 것이 아니다. 그러기에 그리움으로 바람이 되어 우는 것이다. 꽃은 사랑이다. 영원할 수가 없다. 그 사랑을 만나면 바람이 되어 그와 함께하겠다는 자신의 꿈을 피력한다. 그 꿈은 다시 그림이라는 시로 표현된다. 다시 말해 임하영은 삶의 체험에 대한 온전한 삶의 시적 형상화를 위해 그는 날마다 꿈을 적고 시로 그리움을 그리는 것이다.

인간은
삶을 살아감에 많은 그림을 그린다

붉고, 푸른색으로
열고, 짙음을 채색해가며
저마다의 그림을 그리고
또 그려가면서 시간을 보내며
내일을 기약한다

나의 삶은 어떠한 그림으로
그려져 가고 있는가?

아름다움과 아쉬움에 시간을 보내며
나만의 세계를 추구하며
색의 조화를 꾸미고 있는가
자신에게 물어봄이다

나의 세계를 진실하게
그려가고 있는가를

나의 세계를 그려가는가?
- 시 「삶의 그림」 전문

꿈을 진실하게 그림으로 그려가는 것이다. 그것이 시요, 그의 삶이다. 시를 통해서 내일을 꿈꾸면서 자신의 세계를 구축해 간다. 그 삶은 아름다움과 아쉬움의 시간이면서 자신을 돌아보는 성찰의 시간을 갖기도 한다.

햇살이 환하게 내려진 숲에
당신의 사랑 자극하며
양지의 아침에서

파란 하늘은 언제나
우리와 함께 새었습니다

깨이고 싶은 우리들은
당신의 그 사랑을
오직 우리들에게 내주리라 여기며
해맑은 소리 좇아
하이얀 마음에 생명을 쏟았습니다

신비를 향한 채
또랑또랑해진 우리들은
포근한 호흡 속에
하늘을 이고 바다를 포옹하며
타오르는 마음에
꽃불을 수놓았습니다.
- 시 「여기에 서서」 전문

임하영 시인의 시를 분석해 보면 항상 긍정적인 삶의 깨달음이 존재한다. 지금의 삶이 마치 양지의 아침과 파란 하늘이 함께 하는 것을 믿는 긍정적인 삶의 자세와 절대자의 사랑을 기다린다. 그리고 해맑은 소리를 좇아서 시를 쓰는 생명의 호흡을 쏟아붓는 것이다. 그래서 그의 타오른 마음에 시의 꽃불을 수놓았던 것이다.

거듭 말하자면, 임하영의 시 세계를 감도는 분위기는 따뜻하고 긍정적이다. 따듯하고 긍정적일 뿐만 아니라 삶에 대한 밝은 기운으로 가득하다. 아마도 이런 분위기를 대표하는 또 한 편의 시 『내 안에 그리운 그대』를 살펴보자.

비가 내린다

오늘같이 비가 내리는 날은
내리는 비에 그리움을 싣고
그대를 찾아갑니다

내리는 비에는
옷이 젖지만
쏟아지는 그리움에는
가슴이 젖는다

빗물에 하루를 지우고
그 자리에
그대 생각을 채워
그리움을 담으렵니다

채워진 그리움
바람 불어 소식 전하면
누군가 빗속을 달려올 것 같은
설렘

내 안에 그리운 그대
- 시 「내 안에 그리운 그대」

임하영 시인의 전체적인 시적 주제는 삶에 대한 그리움이다. 이렇게 말하면 누구든 나서서 도대체 사람에 대한 그리움이 시적 주제가 아닌 시인이 어디 있냐고 반문할 수도 있다. 비가 내리는 날, 어쩌면 우울하고 답답한 상황일 때마다 시인은 그리움으로 그대를 찾아간다. 온몸이 비에 젖는 것처럼 그리움이 가슴이 젖는다고 표현한다. 그 가슴은 그대 생각으로 온통 가득한 것이다. 그 그리움은 간절하다. 그리운 그대는 어쩌면 사랑하는 사람일 수도 있고 부모님일 수도 있다. 그리고 그가 꿈꾸는 행복한 세상일지도 모른다. 왜냐하면 그대는 설렘의 존재이며 시인의 가슴에 흠뻑 젖고 가득 찬 시인의 마음이기 때문이다.

이 시는 시인이 어떤 마음가짐으로 시를 창작하고 세상사를 살아가는지를 생생하게 보여주는 작품이다. 말하자면 시인 자신의 마음을 비춰주는 '거울'과도 같은 작품이다. 한마디로 시인의 담고 있는 인생의 꿈을 긍정으로 적고 그리움을 시로 아름답게 그리는 것이다.

결론적으로 임하영 시인은 아름다운 언어를 통해 관심과 열정으로 글을 쓰는 시인임을 확인할 수 있었다. 필자는 임하영의 시적 특징을 '인생의 꿈을 적고, 시로 그리움을 그리는 시인'이라고 규정하고 싶다.

시인의 인생에 대한 다양한 꿈, 그리고 가족과 이웃에 대한 그리움의 마음, 세상사에 대한 긍정의 마음이 앞으로도 계속 시 창작의 소재가 되기를 소망한다. 아울러 그의 시상이 더욱 깊고 풍요로워지기를 기대한다.

■ 글벗시선181 임하영 시집

내 안에 그리운 그대

인 쇄 일 2022년 12월 19일
발 행 일 2022년 12월 19일
지 은 이 임 하 영
펴 낸 이 한 주 희
펴 낸 곳 도서출판 글벗
출판등록 2007. 10. 29(제406-2007-100호)
주 소 경기도 파주시 와석순환로 16,(야당동)
롯데캐슬파크타운 905동 1104호
홈페이지 http://guelbut.co.kr
E-mail juhee6305@hanmail.net
전화번호 031-957-1461
팩 스 031-957-7319
가 격 12,000원
I S B N 978-89-6533-237-4 04810